胡思亂想很有用

吉竹伸介的靈感筆記

文・圖 吉竹伸介

U0013557

前言

大家好，我是插畫家、繪本作家吉竹伸介。

非常感謝各位購買本書。

1.

首先呢，請容我為大家說明，

這是一本什麼樣的書。

2.

我的工作是畫畫，
例如插圖、繪本等等，
有許多在大眾面前說話的機會，
如演講之類的場合。
那個——……
3.

我不是個擅長演講的人，
經常時間還沒結束就講完了。
……以上就是我今天要跟大家分享的內容。
糟了！
還有三十分鐘怎麼辦？
4.

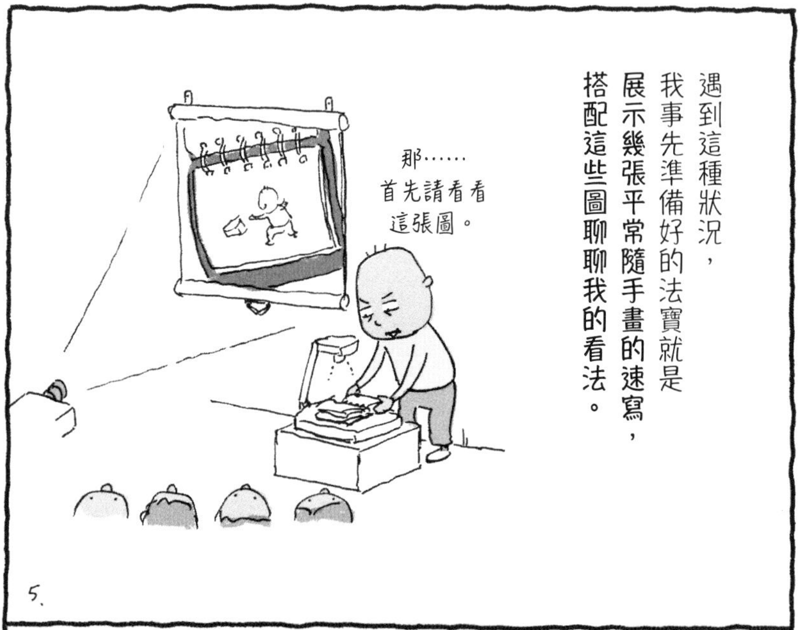
遇到這種狀況，
我事先準備好的法寶就是
展示幾張平常隨手畫的速寫，
搭配這些圖聊聊我的看法。
那……
首先請看看
這張圖。
5.

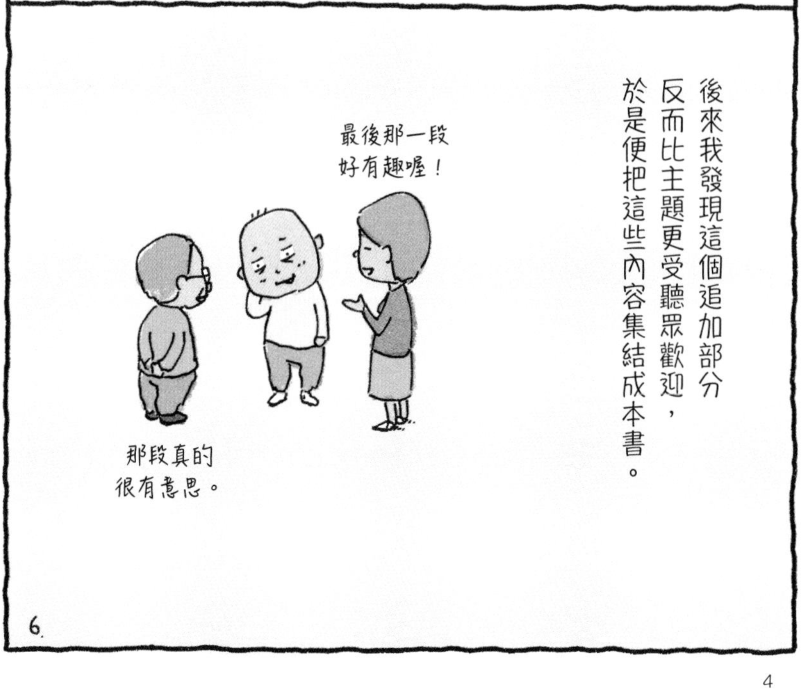
後來我發現這個追加部分
反而比主題更受聽眾歡迎，
於是便把這些內容集結成本書。
最後那一段
好有趣喔！
那段真的
很有意思。
6.

我不擅長寫長篇文章，
所以單純將在聽眾、
編輯面前說過的話整理成文字，
也就是所謂的「發言紀錄」。
這張圖啊……
錄音中
7.

有點像是還原事件現場，
例如上次我畫了這張圖，
是因為發生了這種事，
所以我有了這個想法。
這本書，從哪一頁
開始讀都可以喔！
你看啊！
8.

大家可能會好奇，
速寫到底長什麼樣子？
身為一個專業人士，
我總是隨身攜帶行事曆。
9.
這本行事曆的後半部我拿來當作隨身筆記使用，習慣把日常生活中，想到一些有的沒的「胡思亂想」畫在這裡。
等電車的時候
跟兒子玩的時候
偷懶不想工作的時候
10.

當筆記畫滿，
我就會把活頁紙拆下來、另行保管。

有時一天會畫很多張，
有時一張都沒畫。

覺得幸福的時候一張都沒畫，
感覺有壓力時就會畫很多。

11.

之後再回頭看，這些往往成為很好的紀錄，讓我想起當時看到什麼、想著什麼，有哪些天馬行空的念頭，也經常成為我插畫或者繪本的靈感來源。

明天就要截稿了，就用這個題材吧！
謝謝你了，過去的我！

有時候覺得自己想到了很棒的點子，翻一翻卻發現前一年的自己早就畫過一模一樣的題材，不禁覺得沮喪。

12.

這些內容和品質原本都還不到能發表的程度，
讓讀者看這種沒有想清楚、不夠扎實的內容，不會太失禮嗎？
是。
您說得很有道理。
13.
但是你想想看嘛，在文具店試寫區看到有人不小心寫下自己名字，又急忙想消掉的痕跡，不覺得挺有趣的嗎？
如果各位能帶著類似這樣溫柔、輕鬆的心情來看這本書，「喔～原來世界上還有這種人啊！」我就覺得很幸福了。
那就請吧！
14.

目次

前言 2

第1章 我的胡思亂想

請自由取用 18
偷拍富士山 22
慣用手的指甲很難剪 24
哪個地方最不髒？ 26
吸「憂」面紙 30

今天先耍廢　32
極力把責任推到不在場的人身上　34
不斷溺愛、不斷溺愛　36
真希望他有一天會後悔　38
可以脫下來了嗎？　41
我的吸管套　44
說說這世界的壞話　47
7點好像襪子喔！　49
常保謙虛的乳霜　50
不好意思，又是我　52

第2章 身為父親的胡思亂想

量體溫中 56
洗頭髮的時候一定會打呵欠 57
明知道光陰稍縱即逝 58
裸體安全帶 60
鞋子 62
剝開一片片給我吃嘛！ 64
雪景球 66
你看一下，有沒有沾到大便？ 67
你嘴巴旁邊都是番茄醬啦！ 68

拿到糖果時孩子開心的表情 70
小噗被壓住了耶！ 72
裝睡 74
小小孩 75
什麼都沒有耶！ 76
搖得很厲害呢！ 77
髒了、洗乾淨、髒了、再洗乾淨 78
最寶貝的東西 80
太過無所謂所以不說出口 83
大家好，在下吉竹 86

第3章

胡思亂想直到睡意來襲

辦不到的事依然辦不到是工作的真諦 92
多虧了你，我現在終於不再需要你了 96
幸福就是清楚知道自己該做什麼事 99
這種孤獨感一定能派上用場 102
我是懸絲傀儡 106
把一切都看成買彩券吧！ 114
到底該怎麼做才好 118
年輕時，我沒有亂來過 122

發現越來越多自己不會的事 124
他們是那種關係 126
不管到幾歲，都要當自己的神隊友 127
萬一真的發生 128
接受別人「辦不到」的困難 132
身邊三公尺內發生的事 136
世上一切的問題，睡意來襲後就消失了 138
我能做的也只有提供建議了 141
結語 142

書籍設計・色彩 浅妻健司

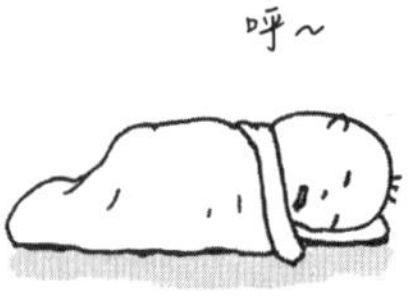

胡思亂想很有用

喔，原來你是
這樣擠牙膏的啊……

第1章

我的胡思亂想

前幾天我去松本清藥妝店買東西，結完帳後，通常有一個讓我們整理東西的桌子。

那裡放著一個盒子，上面寫著「請自由取用」。裡面卻裝著別人丟掉的收據，怎麼會這樣呢？

我忍不住想，店家放這個盒子，原本是什麼用途呢？

我實在想不通。可能本來放著其他傳單之類的東西？

然後也許很久之前，有個顧客覺得可以把這個當垃圾桶用，丟進了揉成團的收據。

我看到這個盒子的時候，有種受到挑戰的感覺，覺得有點緊張，似乎有人正在偷偷監視著我。

「來啊、來啊，都可以自由取用喔，怎麼樣？那你拿不拿？」

我不禁覺得，好像有人藉此測試我：「吉竹先生，我倒要看看你用這個可以變出什麼好玩把戲？」

上面寫著「請自由取用」，它知道什麼是自由嗎？不過就是個百圓商店裡賣的便宜容器。

但是仔細想想，我們的人生，其實也是因為上帝允許我們「自由使用這個身體」，才會降生在這個世界上的吧？

有很多事我們本來都可以自己決定，卻選擇在這裡丟掉收據。

離開松本清的收銀台，我一直在思考，那「自由」二字指的到底是什麼？看到那個容器，我下意識地停下動作。

自由取用？其實再仔細想想，這個世界上的任何事物，本來就都可以自由取用啊！

這一幕，讓我思考了許多關於自由的定義。

……你自由嗎？

壓、壓
沾濕手指的海綿

偷拍富士山

我畫了一張偷拍富士山的圖。

我在某車站看到一張告示，上面寫著「請小心偷拍」，提醒大家可能有人用智慧型手機之類的裝置，偷拍裙底風光。看到這張告示時我心想，偷拍的定義到底是什麼呢？

仔細想想，其實全都算偷拍啊！拍富士山的時候，誰會事先取得富士山的許可啊？我發現其實很多情況都是偷拍。

我忍不住開始思考偷拍的定義，嗯……沒有事先取得對方的同意叫做偷拍，不過富士山當然不會抱怨……對耶，拍富士山不會說偷拍呢！腦中不斷想著這些事。

思考這些事，有時對我平時的插畫或繪本工作會派上用場，但機會很少就是了。

慣用手的指甲
很難剪，

因為不習慣
使用另一隻手。

慣用手的指甲真的很難剪。

前一陣子我發現，

我是左撇子，左手的指甲確實不好剪。我想大家應該也都有過類似的經驗，因為無法使用慣用手，必須用另一隻手剪。我的左手非常靈活，什麼事都辦得到，唯有左手指甲無法剪得好。

因為距離太近反而辦不到的例子，其實還不少。

在教育現場也是，有些事一定要家長才能辦得到、有些事一定要老師才辦得到。其實這也不是什麼大道理，不過我深深覺得慣用手的指甲很難剪，困難到這件事幾乎成了一門大學問。

哪個地方
最不髒？

在外面

借用店家廁所時，我們男性如果遇到只有坐式馬桶時，小便的時候會把馬桶蓋全部掀起來，蓋子和座墊，兩個都得掀起來。我想女性朋友可能比較難想像吧。有時候我會猶豫很久，到底該摸著哪裡掀蓋子？

哪個地方最不髒呢？

其實那裡應該還滿髒的，難道大家都抱著「算了，無所謂。」的心情掀蓋子嗎？

還有如廁完洗手後，接下來該摸門的哪裡開門？大家不會在意嗎？

這就表示得用剛洗乾淨的手來摸門把呢！

假如是往下壓的門把，我想握門把的外側開門最省力，大家應該較常接觸外側，所以我試著握內側開，發現需要不小的力氣、很難開，這樣手反而得使勁緊緊握住，弄得更髒了。

於是，離開廁所也讓我花了不少時間。
究竟哪個地方最不髒？
還有，到底什麼是「髒」？
我忍不住想著這些問題，遲遲走不出廁所。

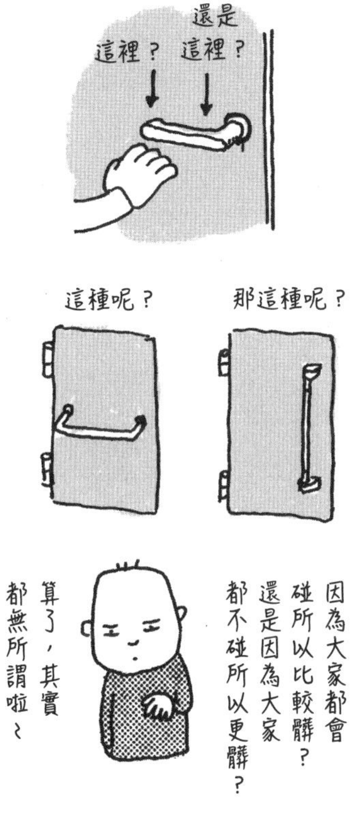
這裡？
還是這裡？
這種呢？
那這種呢？
因為大家都會碰所以比較髒？
還是因為大家都不碰所以更髒？
算了，其實都無所謂啦～

前陣子我靈光一閃，

如果有這種商品就好了——吸憂面紙。

市面上不是有吸油面紙嗎？吸憂面紙的用法與其雷同，然後貼在額頭上就能把煩惱憂愁都吸掉。

因為吸了很多煩惱，所以整張紙變得很髒。

我心想，要是有這種商品我一定會買，而且會一直放在包包裡。

洗完澡後總會覺得神清氣爽吧？

我覺得負面心情其實不存在於身體內側，而是附著在外側。沮喪的情緒，也很容易附著在身體外側吧？所以在浴室洗完澡、清潔身體後心情會覺得煥然一新，我想可能不只是因為洗掉了肉體上的汙穢的緣故。

原來如此，我越來越覺得人的煩惱以及不安，都是附著在身體外側的東西，一直到現在也深信不疑。

所以我想到了吸憂面紙。

真希望有人能開發出這種商品。

今天先耍廢，

明天拚一波。

我最近很喜歡這句話。

一有什麼事，就馬上在心裡複誦無數次。

這真的很好用，各位不妨也從今天開始記住這句話吧！

「今天先耍廢，明天拚一波。」這句話我會唸三次再睡。

明天我的狀況一級棒，明天我會拚一波。

但是我今天要先睡了。

想耍賴時，這句話非常好用。

只說「今天先耍廢」的話，還是會擔心。「明天拚一波」，讓整句話語帶深意，才是能讓現在的自己更輕鬆的關鍵字。

最近我挺喜歡這句話的。

不管什麼情況，
極力把責任推到
不在場的人身上，

只求平安度過眼前！

不管什麼情況，

極力把責任推到不在場的人身上，只求平安度過眼前。

出了社會的人，我想都很能了解這句話的意思，所謂工作技巧就是這麼一回事。

我不禁認為說穿了，人生也不過就是這麼一回事。有時候我們不想把場面弄僵，但是很多時候又常常得面對討厭的事、無法接受的事。

想辦法讓不在場的人來當壞人、說那個人的壞話，等到那個人回來再說說其他人的壞話，以今天能平安回家為目標，我想這麼做多半都不會出什麼差錯。

不斷溺愛、
不斷溺愛，

直到被這孩子
反咬了一口。

不斷溺愛、

不斷溺愛，直到被這孩子反咬一口。

我心想，將來有一天我很可能會遭遇到這樣的事，所以畫了這張圖。

我非常討厭被罵，也討厭罵人。

討厭罵人的結果，就是遇到該生氣罵人的時候，我已經不懂得怎麼生氣了。

我變得只會說：「沒關係、沒關係，不要緊的。」

在工作上這其實就等於寵壞對方，明明只是自己嫌麻煩不想爭辯，可是一旦習慣了說「沒關係、沒關係」，最後一切都會回頭報應在自己身上。

有句俗語說：「行善終利己」。對別人好其實真正受益的不是對方，因果輪迴，最後善的循環都會回到自己身上，這句話說得很有道理。

同樣的道理，寵溺別人其實也就等於寵溺自己，一旦把別人慣壞，之後自己一定會嚐到苦果，我非常能感同身受，也暗自做好了心理準備，過去我溺愛過許多人、親朋好友，還有這個社會、這個世界，最後全都得自食其果。

其他的我就不在此多說了。

真希望他有一天會後悔，

偏偏他不是
這種心思細膩的人。

我們難免會碰到這樣的日子。

有時候很想這樣大叫，真希望他有一天會後悔，偏偏他不是這種心思細膩的人。

每當在別人那裡受了委屈的時候，總是想要狠狠還以顏色，這是人之常情。

假如辦不到，那至少希望對方會覺得「做了對不起別人的事」，有時候我會在睡前花好幾個小時，思考該如何才能讓對方後悔。

但話雖如此，我也漸漸領悟，其實對方是不可能後悔的。

那個人的心裡或許根本沒有形成「後悔」這種複雜程序的機制。所以這個計畫看來沒機會成功，只能改變策略了。

期待對方後悔並不容易，但我還是好希望他能後悔，就這樣陷入了無限循環中。

這麼一來搞得我更難入睡。偶爾，也會有這樣的夜晚。

可以脫下來了嗎？

我自己也經常想不起來原本想說什麼，就像這張圖。

上面寫著「可以脫下來了嗎？」不過原本到底穿著什麼？

這張圖應該是在某種情境下想到的題材吧，但是我到底想到了什麼？這是什麼人物？我一點印象都沒有。

雖然已經不記得了，但仔細看看，我還挺喜歡這單格漫畫的情境。

因為這句話可以知道這個人並不想穿著這身衣服。所以想像他應該是穿了一段時間後，詢問地位比自己高的人能不能脫下。

雖然我想不起畫這張圖的原因，但是當時我的眼中想必看見了什麼，一定是受到某些刺激吧！

我可能在想，「如果有個人打扮得很有趣，他要說什麼才有意思？」時想到了這句話。

「可以脫下來了嗎？」

這短短一句話就至少能夠判斷，畫面外還有另一個人。

聽說小說家海明威曾在酒館跟酒友打賭。朋友說，你是靠寫故事吃飯的，能不能用六個單字寫一篇故事？海明威回答當然可以，他最後贏了這場賭注。

故事裡用了這六個單字："For sale: baby shoes, never worn"意思是「出售全新嬰兒鞋」。晚年的海明威曾經說過，這個故事是他畢生的最高傑作。

要如何以最簡單的條件，表現出背後的深意？

我希望能夠多畫些類似這種能出人意表、耐人尋味的圖。雖然沒有脈絡，但就是莫名的喜歡。

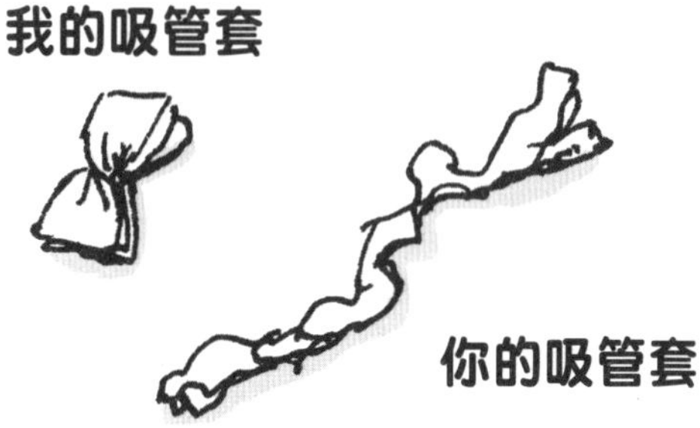

我前陣子突然想到，

我的吸管套跟我太太的吸管套，完全不一樣。

我的長什麼樣呢？吸管不是放在紙做的吸管套裡嗎？細細長長的那種。把吸管一按、完整推出來後，我一定會像上圖中一樣，把吸管套摺成小小的。我是這種人。

不過我想大部分人應該會留著皺巴巴的吸管套不管吧？

當然，這沒有對錯，只是一回神會發現，自己總是忍不住盯著別人的吸管套看，眼睛離不開那拿出吸管後輕飄飄、似乎隨時要飛走的吸管套。

但是這世界上也有人完全不在乎這種事，而我還跟這樣的人結了婚，讓我再次為人生的奧妙而感動。

前一陣子我跟某位編輯聊天。

商店裡會賣那種三盒連在一起的優格。

吃了一盒、剩下兩盒還連在一起，下面的台紙也還在，優格和台紙就這樣一起放在冰箱裡。

吃第二盒的時候，這台紙該怎麼辦？

那位編輯是個很講規矩的人，他說他會在吃第一盒時，也就是還剩下兩盒的時候就丟掉台紙。

我也贊成這種做法。

剛買回來是三盒併排的。拿出第一盒時明明只剩下兩盒，卻留有三盒大小的台紙，這我實在無法接受。

但我太太卻是那種吃到最後一盒也會留下台紙的人。世界真的十分遼闊，原來我們身邊就有這麼多令人費解的事。

距離自己最遠的地方或東西，其實不在世界另一端，光看看家裡的冰箱就可以找到一大堆。

看看那吸管套就讓我深深覺得，其實與自己相隔遙遠的事物，在我們身邊俯拾皆是。

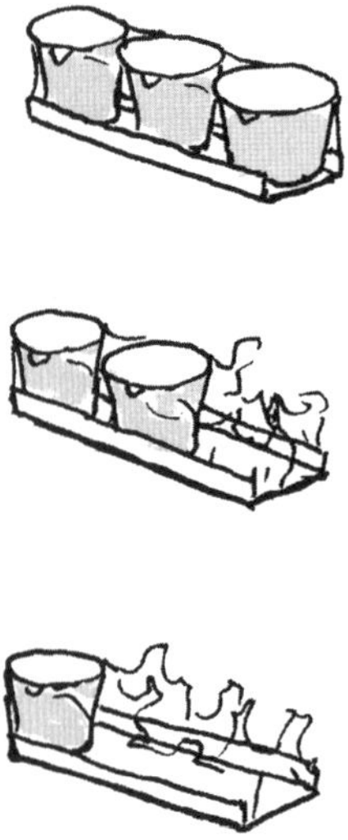

說說這世界的壞話，

擁有普普通通的幸福。

如果能說說這個世界的

我覺得，

壞話，擁有普普通通的幸福，就是我理想的老後生活了。

能夠閒扯些社會的壞話過日子，是一個人能保有的最棒娛樂。

一個擁有了一切的人，在人生最後會做什麼，我想應該是說身邊人的壞話吧！

不管一個人處於再怎麼滿足的狀態，都還是會忍不住講些壞話、尋找不滿足的地方。不自由主地說出對某些人事物的不滿，這是人之常情。

因為人不可能永遠對所有事物感到滿

意。會不自覺發現某些不完美、開始在意這些瑕疵，我想或許就是人的業障之一。

所以能夠說鄰居壞話的人，一定是世界上最幸福的人。因為這代表除此之外，他全都覺得滿足。

腦中浮現的不滿意之處只有鄰居的缺點，表示這個人的生活等級真的相當高啊！

儘管他本人可能完全不這麼認為，但仔細想想，我還是覺得應該是這麼回事沒錯。

7點好像襪子喔！

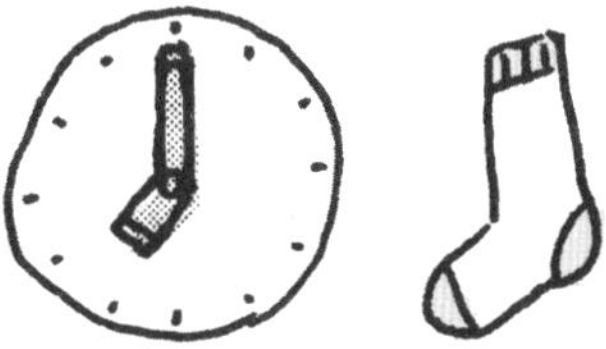

前陣子我突然意識到，早上起床的時候，覺得好像看到襪子掛在時鐘上。

仔細一看，原來是7點。啊，原來7點長得很像襪子呢！

我也覺得會有這種聯想的自己還滿可愛的。

當然這也沒什麼大不了的啦，只是覺得這種小發現或許也挺重要的。

如果能買得到

常保謙虛的乳霜，我真想來一罐。

好想厚厚塗上一層。

大家不覺得化妝品很有意思嗎？女性朋友總是會塗很多東西在臉上。

以前有一位動感女歌手辛蒂羅波。她上了年紀後，在一次雜誌採訪中被問到：「您如此充滿活力地活躍在舞台上表演，常保青春的祕訣是什麼呢？」她回答：「就是拚命塗各種乳液啊！」

我覺得好酷。

她說得一點也沒錯，這答案不多不少，回得好帥。

假如塗了許多乳液之後不僅可以保持肌膚的滋潤，還能常保心靈的謙虛，那我也想塗兩下。

不好意思啊，又是我，吉竹。
為什麼我要持續畫這些速寫，
主要有兩大理由。
有時候我腦中會先想到「文字」，有時候則會先出現「畫面」。
萬一在開車時想到就無法馬上畫下來，實在很麻煩。
1.

第一個理由是因為很想把非常微不足道、如果不畫下來，很可能會忘記的小事記錄下來。
啊！那個大叔在告訴她方向，但看起來她沒聽懂。
真的很無所謂，不過還滿有趣的，畫下來吧！
2.

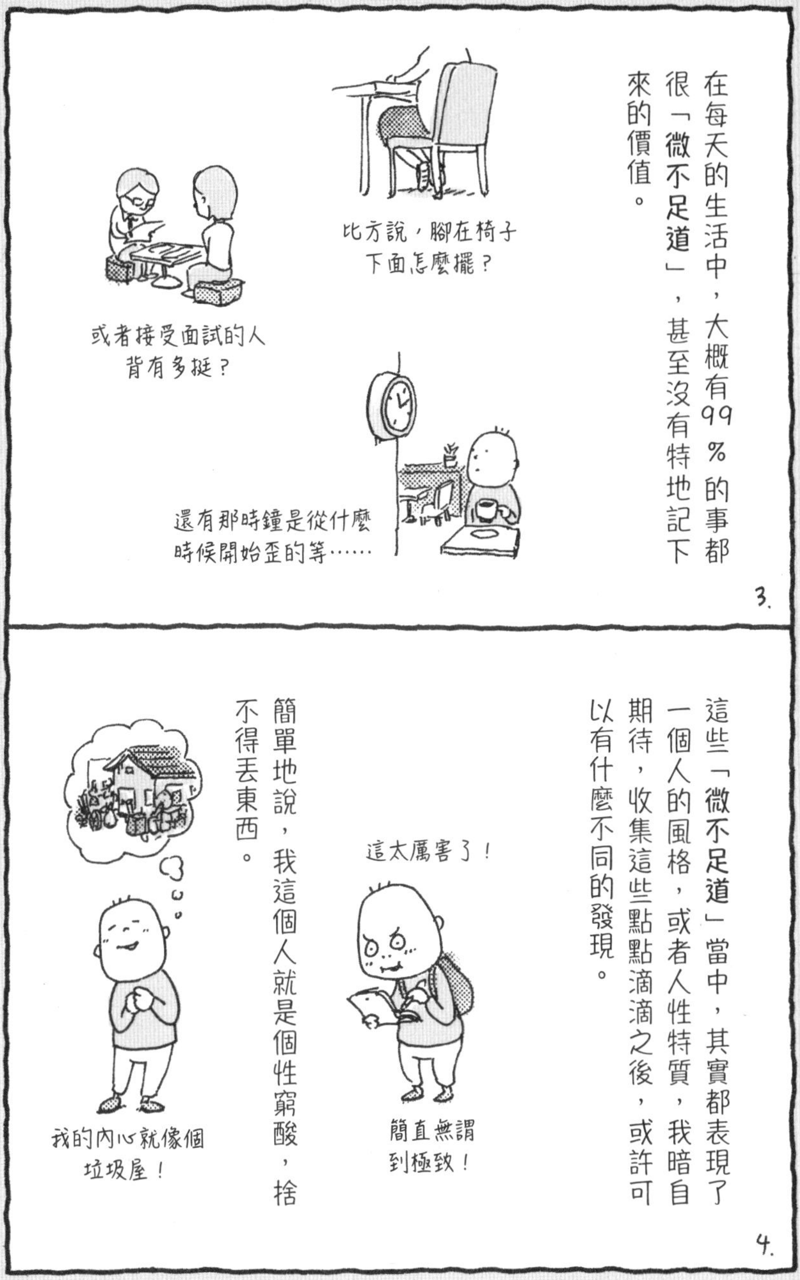
在每天的生活中，大概有99%的事都很「微不足道」，甚至沒有特地記下來的價值。
比方說，腳在椅子下面怎麼擺？
或者接受面試的人背有多挺？
還有那時鐘是從什麼時候開始歪的等……
3.
這些「微不足道」當中，其實都表現了一個人的風格，或者人性特質，我暗自期待，收集這些點點滴滴之後，或許可以有什麼不同的發現。
這太厲害了！
簡直無謂到極致！
簡單地說，我這個人就是個性窮酸，捨不得丟東西。
我的內心就像個垃圾屋！
4.

接下來第二章
主要在談我帶小孩過程中，
發現的各種小事。

第2章

身為父親的胡思亂想

量體溫中

首先就是如各位所見的右圖，量體溫。

孩子夾著體溫計，衣服會這樣突出來。看了覺得很可愛，就畫下來。

脫掉衣服之後就會變成左圖這樣。

替兒子洗頭髮的時候，

洗到一半他一定會打呵欠。

以前每次我替大兒子洗頭髮，過程中他一定會打呵欠。好像是因為太放鬆，就有了睡意。

不知道其他孩子會不會這樣子？我很想問問大家，就順手畫了下來。

明知道光陰稍縱即逝，
明知道相處時間可貴，

為什麼就是不能好好珍惜、
不能溫柔一點呢？

很多次

遇到太多煩心事，一急起來就沒辦法溫柔對待孩子，這樣真是不應該。但偶爾還是會有這種狀況。

背對畫面的是我。孩子經常會跑進我工作的房間來。

有時候他們會說些很有趣的話，但我畢竟還得工作，或者同時有太多事得處理，搞得自己很煩躁，這時候就會對孩子很冷淡，之後自己又覺得後悔。

明明知道光陰稍縱即逝、明明知道相處時間很可貴，但為什麼自己就是不能好好珍惜，不能對孩子溫柔一點呢？

雖然我心裡很清楚，孩子的每個瞬

間都只有一次，但我真的沒有餘力去感受那些趣味。

所以我現在會覺得「**真抱歉，當時沒能好好聽你說話**」，可是當下也的確發自內心覺得不耐煩。

這種心情無可奈何，也確實存在。一椿、兩樁累積下來真的不好，不過這些灰色憂鬱的部分，也正是養兒育女的真實心境。

裸體安全帶

裸體安全帶

是什麼呢？前幾天我們全家開車出去郊遊時，孩子們在河邊玩，弄得全身濕答答。本來沒計畫去河邊，所以也沒帶任何換洗衣物。但衣服都濕了，我太太不准他們這樣上車，要他們把衣服全部脫掉，就這樣回家。這畫面就是當時一景。

我一邊開車一邊覺得好奇，轉頭往後一看，他們光溜溜繫上安全帶的樣子很新鮮。以前聽過裸體圍裙，不過裸體安全帶這還是第一次看到。

我們就維持這副模樣回家。

孩子只要弄濕身體就可以全裸，太酷了。只有孩子才辦得到。（也是因為我家兩個都是男孩的關係。）

看到一個媽媽

我在路上

抱著孩子走，男孩的鞋子鬆了一邊，在腳尖上晃呀晃的，然後鞋子就掉下來了。

鞋子掉了，媽媽沒有發現，但是男孩自己發現了。不過孩子還不會說話，也並不知道這件事的嚴重性。

所以他只是一直盯著自己從腳尖脫落的那隻鞋漸漸遠去。其實他並不知道發生了什麼，只是不斷用眼睛看著那鞋子，越離越遠。

我的眼睛盯著這一幕，**啊！鞋子掉了！**

一方面覺得應該馬上提醒對方鞋子掉了，但另一方面又覺得可惜。反正待會再提醒也不遲，就再觀察一下吧？我覺得這一幕很美。

漸漸遠走的母子，跟一隻留在原地的鞋。

養孩子的過程中，難免會有弄丟單隻鞋子的狀況。這是我第一次有機會親眼目睹丟掉鞋子的那一瞬間。

以前總是好奇，鞋子到底是什麼時候弄丟的？原來就是這種時候，我第一時間在現場目睹了事件發生的一瞬間。看到這麼精彩的場面我覺得很開心，畫下了當時的感動。

至於那隻鞋，後來有其他路人幫忙撿起來，也算了卻一樁心事。

剝開一片片給我吃嘛~

這也是很精彩的一幕。小兒子感冒，戴著口罩（雖然扯開了）躺在床上。

「要吃橘子嗎？」

「要。」於是我剝好了橘子，一整顆遞給他，他回道：「剝開一片片給我吃嘛！」，於是我一瓣一瓣剝給他。

我本來打算讓他自己吃，結果他竟突然裝出不舒服的樣子。其實他已經好得差不多了。雖然好了，但反正機會難得，不如就得寸進尺，要求大人剝橘子。孩子的這點心思，或者說這些想要耍小心機的地方，讓我覺得很有意思。

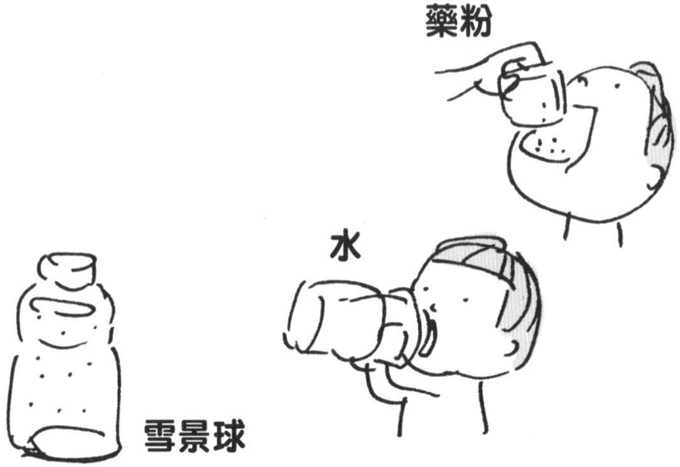

小兒子

感冒時，醫生開了藥粉。

通常我會喊一聲「該吃藥了喔」，然後將醫生處方的藥粉倒進他嘴巴，再讓他喝寶特瓶瓶裝水。他喝完之後的瓶裝水，看起來就像雪景球一樣，因為他嘴裡的水有不少會吐回瓶中。

看到這一連串的過程，我總是覺得十分驚嘆。

有一次當孩子們輪流喝同一瓶水時，我聽到某一位媽媽說：「我家孩子喝過的水，我還真不想喝呢！」

我心想，我懂我懂，而且喝藥粉的時候，大家心裡擔心的事都被視覺化了。原來孩子每次都會吐這麼多水回瓶子裡啊！

你看一下，

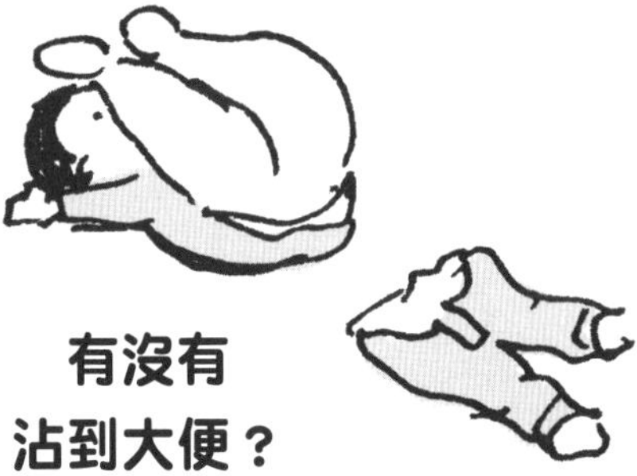

有沒有
沾到大便？

小孩

脫下褲子，雙腿往後一翻，完全露出屁眼，問道：「你看一下，有沒有沾到大便？」這一幕給我帶來很大的衝擊。

小孩真是厲害，竟然能夠如此袒露自己、如此毫無防備。大人絕對辦不到。而且小孩的筋骨好柔軟。

開口問：「有沒有沾到大便？」這句話裡，一點罪惡感也沒有。叫我怎麼能不畫下這一幕！

結婚之前，我很討厭購物中心那類地方的美食區。總覺得很吵鬧、亂七八糟的。不過有了孩子之後我開始經常去，也變得很喜歡這些地方。

因為大家都亂成一團、吵吵鬧鬧，所以像我這種帶著孩子的家庭，來到這裡反而覺得安心。

我看到一個看起來像太妹的媽媽，正在餵孩子吃漢堡之類的東西，她一邊生氣大罵：「真是的～拓馬！你嘴巴旁邊都是番茄醬啦！」但還是一邊替孩子擦嘴巴，我瞥了她一眼，其實這位媽媽自己的嘴巴旁邊也沾滿了番茄醬。

我心想，果然是母子。用沾滿番茄醬的嘴罵孩子、替孩子擦他沾滿番茄醬的嘴。真好，我覺得她很適合那一頭金髮，不過她確實是一位溫柔的媽媽。

雖然說話很不客氣，但是可以深刻感受到她深愛孩子，還有她寬大的包容心。當天晚上我回想起這件事，發現自己還沒畫，連忙把這一幕畫了下來。

在拉麵店拿到糖果時，
孩子開心的表情。

假如說這世界上
有什麼值得我們相信，
一定就是這張笑臉了吧！

在拉麵店

拿到糖果時孩子開心的表情。假如說這世界上有什麼值得我們相信，一定就是這張笑臉了吧！

有一次我去了一間拉麵店，排在我前面的那一家人也帶著孩子，那孩子並不知道最後可以拿到糖果，等到真的拿到糖果時，她開心地驚叫，好棒喔！太好了！彎起嘴角一笑，非常可愛。

我心想，這世上值得相信的，就是這種笑臉了吧！而且只需要一顆糖果，就可以換來這張笑臉。

另一方面我也覺得，孩子只要一顆糖果就這麼高興，相較之下大人顯得好貪心啊！大人要覺得幸福，至少需要一、兩萬日圓吧……

學生時代大概只要兩千日圓左右就能覺得幸福，但是長大成人之後，幸福就發生了通貨膨脹的現象。要獲得同樣的喜悅，得花更多金錢。

這孩子竟然只需要一顆糖果就能發自內心地笑，而現在的我，已經失去了這種能力。

小噗被壓住了耶！

不要緊，

小噗
最喜歡痛了。

我買了

一隻烏龜玩偶給小兒子，他幫玩偶取了個名字叫小噗，不過沒有意外的，他很快就玩膩了，經常把小噗隨手亂放、轉頭去玩其他東西，讓小噗被壓在其他東西下。

前陣子我心想，明明是你那麼想要我才買的，於是問兒子：「小噗被壓住了耶！」結果他回答我：「不要緊，小噗最喜歡痛了。」

不覺得他的回答很厲害嗎？竟然可以在短短時間內配合自己的需求編出故事、說出這樣的設定。這敏捷的反應能力連大人也驚嘆。小孩驚人的能量，著實嚇了我一跳。

從二樓

走下，啊，孩子在睡覺，於是走到他附近坐下，心想，難怪剛剛那麼安靜，再仔細看一次，孩子睜開一隻眼睛看著我，哇！他醒了，嚇我一跳。

明明醒了卻繼續裝睡，這大概是一種想看看自己睡著時，發生了什麼事的探究心，或者偷窺的好奇心吧？

對對對，我以前也曾經這樣，於是我一邊回想著以前的自己、一邊畫下了這張插圖。

明明在偷看，卻以為沒被發現自己在偷看的那種興奮感。

這似乎讓孩子覺得很高興。

一個小小孩

如果同時被兩個大人牽著，就會突然不好好走路。這是一條不變的法則。

孩子會把全身重量都託給那兩隻手，開始拖著腳步走。大人會扯著孩子的手訓斥道，好好走路！可是孩子不會聽話。

我自己小時候如果雙手被父母親牽著也一樣，大概是因為開心吧！很想讓父母親把我拉高前後搖晃。

單手被牽著時可以好好走路，不過雙手都被握住的那一瞬間，就像自此揭幕，即將展開一場活動。

我曾經帶孩子

去過一個公園。不過那座公園沒有任何遊樂設施。沒有遊樂設施確實無聊了一點，於是我說：「這裡什麼都沒有耶！」結果孩子生氣地說：「所以也沒有意思！」（笑）

他大概是聽到了「沒有」這兩個字才會有這種反應。之前不知道在哪裡學會了「沒有意思」這種說法，雖然不知道怎麼用，但是很想說說看。

孩子大概隱約知道「什麼都沒有」就表示「沒有意思」吧！

我們去搭小船。

小船搖晃不停，我說：「搖得很厲害呢！」孩子反問我：「爸，你很容易搖嗎？」

因為我經常說自己容易覺得冷，或是容易害怕。

這個年紀的孩子實在很有趣。

髒了、洗乾淨；
髒了、再洗乾淨。

讓自己越來越好。

髒了、洗乾淨；

髒了、再洗乾淨。讓自己越來越好。

這句話與其說是大人對年輕人的勉勵，更像是一種安慰，髒了，只要洗乾淨就好。

有時候當我覺得，這樣做好像會不乾淨、好像會弄髒耶！這時候就會告訴自己，洗一洗不就好了，假如這句話由這樣一位慈祥的阿姨口中說出來，一定很令人安心吧！

髒了就洗、髒了再洗，漸漸地就會越洗越有質感，而要達到這種舒服的質感，只能再三重複髒了就洗的過程，我們最好都能在洗練後成為類似這種古董衣的人。

髒了、洗乾淨，髒了、再洗乾淨。讓自己越來越好。

有些東西
非常喜歡、非常心愛，

因為怕弄髒，所以一次也沒用過。

有些東西非常喜歡、

非常心愛，因為怕弄髒，所以一次也沒用過。

有時候因為太過珍惜，所以不敢靠近，或者不敢在一起。

書也是一樣，有趣但不怎麼重要的書可能會讀好多次、翻到破爛，但是自己深受影響的書卻很少拿出來讀，總是一直擺在書架上。

當我們思考哪一種方式對書本來說才是受到珍惜、才是真正的幸福時，好像不怎麼重要的書反而可以陪伴在主人身邊，真是不可思議。

如果我們被一個人過度喜愛、過度珍惜，往往難以跟這個人親近，雖然知道自己很受重視，但總覺得有點遺憾。

這就好像很多東西自己非常喜歡、非常心愛，但是因為怕弄髒，從來也沒用過。我想這個世界上應該有很多這類東西吧！

玩具也是一樣。

太過珍惜所以捨不得拿出來用。可是旁人看了會說，難得買了為什麼不用呢？不，不是這樣的，我不禁想，確實有這種矛盾。

例如棒球的球棒。有些人買了就會馬上用，也有人看到晶亮簇新的球棒，擔心打擊一次之後球棒上就會留下球的痕跡，所以遲遲不用。

我聽朋友說過，他也是買了東西之後會因為愛惜而捨不得用的人，不過東西總難免會刮傷。但是有了第一道傷痕後，他對東西會更加愛惜，開始真正覺得「這是屬於我的，今後我們就一起逐漸刻下歲月的痕跡吧」，好像因此有了跟這樣東西一起共度餘生的覺悟。我聽了之後十分認同，真是如此呢！

一樣新東西到出現傷痕為止，似乎總覺得還無法徹底交心。對物品是如此、對人亦然，這些價值觀的動搖還挺有趣的。

太過無所謂，所以不說出口；
太過重要，所以說不出口。

我想替這些事物，賦予文字。

太過無所謂

所以不說出口，太過重要所以說不出口。最近我常想，繪本之類的工作，好像就是在為這些事物賦予文字吧！

　這幅畫畫的是一個砂糖罐，看似沒有特別的意義。我先想到了這句話，之後覺得該配上圖，於是畫了這個可以做出任何解讀、也難以做出任何解讀的圖。我想應該是在咖啡店畫圖時，因為糖罐放在眼前，所以就隨手畫了下來吧！

　有些事因為太無所謂，所以不覺得需要特地說出口；有些事因為太重要，所以遲遲難說出口，世界上有許許多多類似的例子，我覺得替這兩者仔細地一一加上文字，應該是很愉快的工作吧？而繪本想表現的，或許也就是這類主題。

除了平常不斷被使用、交換的文字，也有些事物並沒有被化為文字。有些被認為沒有化為文字的價值，有些因為太戒慎恐懼，所以無法化為文字，這兩者都一定有許多尚未化成文字、尚未開拓的部分，我猜想，作家的工作，大概就是仔細地將這些部分賦予文字，而我自己也希望能以繪本的形式來完成這件事。

這張圖上面雖然寫著「文字」二字，但也可以是繪畫、或者其他表現手法。還沒有被表現出來，被認為沒有表現價值的事，好好地用語言或者繪畫來描繪，我覺得這種過程也可以視為一種「表現」。

難得下大雪的隔天，
發現還沒有被人踩過的地面時，
心裡會有種雀躍、興奮的感覺。

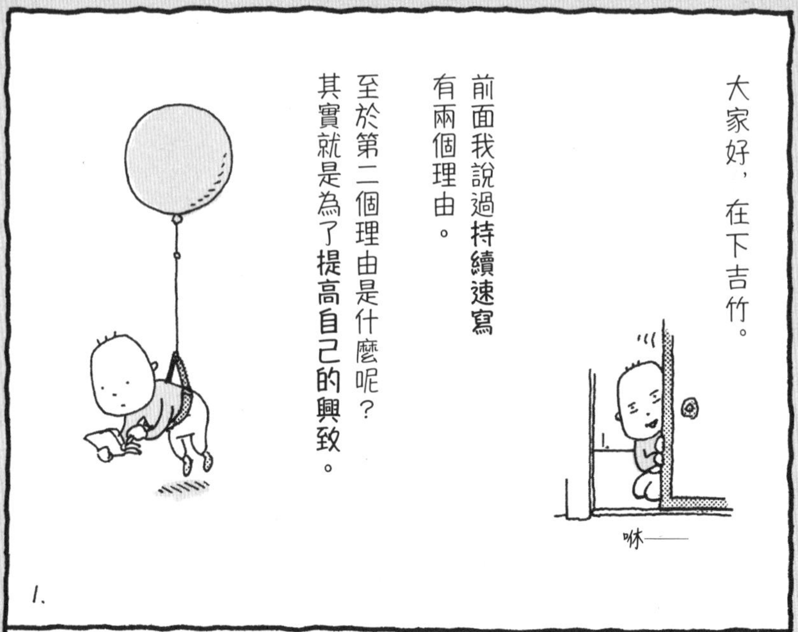
大家好，在下吉竹。
前面我說過持續速寫
有兩個理由。
至於第二個理由是什麼呢？
其實就是為了提高自己的興致。
咻——
1.

我這個人很容易擔心，
常常會覺得不安，
看到悲哀的新聞總是忍不住動容。
就算跟自己沒關係，
也會因此沮喪、心情低落。
人的想像力有時候
也會發揮在不好的地方呢！
2.

但是身為一個社會人士，
這種個性有時候很麻煩，
我經常得**激勵自己**才行。

請問哪一位乘客，
能提供鼓勵我的小故事呢？

3.

「你看，這個世界上雖然有很多不如意
的事、悲哀的事，但只要仔細找找、換
個角度來看，也可從身邊那些微不足道
的事上發掘出趣味呢！」

「說不定這個世界並
沒有那麼令人絕望。」

雖然我會因為
小事而沮喪，
但是也會因為
小事獲得救贖。

4.

放著不管可能會漸漸低落的心情，
靠著速寫不斷激勵自己，
終於可以回升到零。
正
O
負
5.

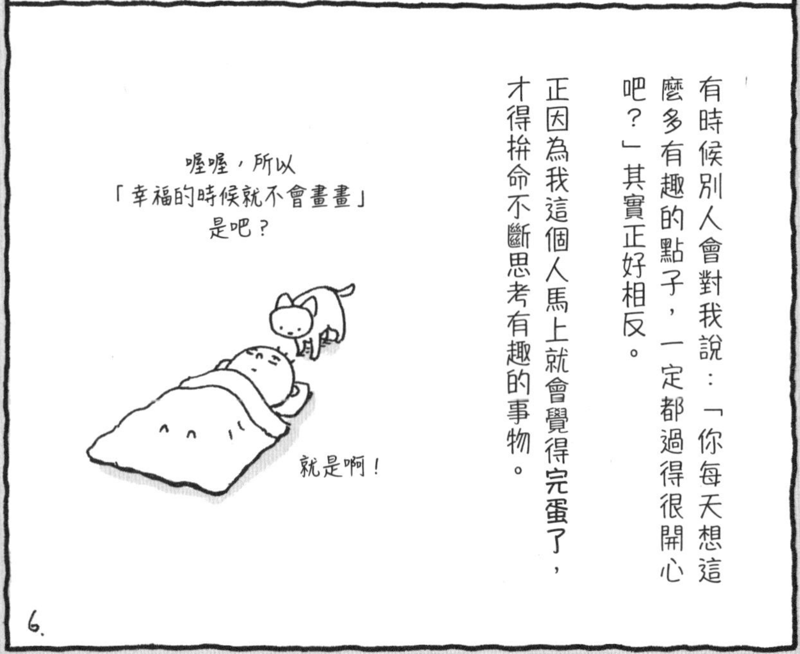
有時候別人會對我說：「你每天想這麼多有趣的點子，一定都過得很開心吧？」其實正好相反。
正因為我這個人馬上就會覺得**完蛋了**，
才得拚命不斷思考有趣的事物。
喔喔，所以
「幸福的時候就不會畫畫」
是吧？
就是啊！
6.

所以說，這些速寫
就是我企圖逗自己開心的紀錄，
也是維持心靈健康上
必要的精神糧食。
其實這不是為了
別人畫的，
當別人說「好有趣」時，
我真的很驚訝。
7.

就算今後我接不到畫畫的工作，
我想我應該也不會放下這本速寫簿。
呵呵呵～
妳一定覺得
很煩吧？
討厭，
噁心！
不是！這個叔叔一定是在
假裝「我很脆弱」，想要
藉此博取同情受歡迎啦！
8.

好的！接下來第三章裡的我，
還會更囉唆、更長舌喔！

第3章

胡思亂想直到睡意來襲

辦不到的事
依然辦不到，
這就是工作的真諦。

接下來我想繼續跟大家一起再鑽一下牛角尖，首先是關於工作的事。

假如我說，讓辦不到的事依然辦不到，就是工作的真諦，一定會有很多人想反駁吧？

我們多半會聽到，讓辦不到的事辦得到，才是工作的真諦。

例如作家，其實就是把自己辦不到的事當作一種強項。

我覺得讓自己辦不到的事維持辦不到的狀態，正是作家維持其特質的方法之一，所以畫下了這張圖。

人並不需要追求無所不能，如何把自己辦不到的缺點轉化為優點，這種能力對任何人來說都一樣重要。

辦不到的事依然辦不到，換句話說也可以解釋成不去追求自己沒有的東西，而努力琢磨已經擁有的部分。

以我來說，我很不擅長上色，為此煩惱了很久，但是自從我決定把這件事交給其他人後，我就能夠集中精神在我擅長的部分，許多事情都更加輕鬆了。

到了這個地步，對我來說，辦不到的事真的可以繼續維持辦不到，一點也無所謂。

有些人的工作需要一一消除辦不到的事、增加辦得到的事，但是刻意不選擇這種方式，一開始就下定決心讓辦不到的事繼續辦不到，我想這也可以是一種面對工作的態度吧！

一定有很多人會因為換上這樣的想法而覺得非常輕鬆。凡事最重要的就是平衡，但要解釋起來還真不容易呢！

正因為「無法反抗老婆」，
才更應該尋找「其他長處」。

多虧了你，
而我現在終於
不再需要你了。

過去這段日子
真的非常謝謝你。

多虧了你，

而我現在終於不再需要你了。過去這段日子真的非常謝謝你。

有人問我，「這是在說父母親嗎？」

原來如此，好像有道理，但其實不是在說父母。

這是在說我深受影響的作品。

國中時期曾經有對我影響很大的作品，相隔許久再次看到突然覺得，

啊——我已經不再需要了。這時心裡冒出了這句話。

多虧了這個作品，吸收後在我的內心發酵，讓我受到了很大的影響，才會有現在的自己，喜好也改變了很多。

從前這個作品對我來說確實非常重要，「多虧了你，我現在終於不再需要你了」，這句話就像是獻給作品的謝辭。

不過化為文字寫下來之後，確實和對父母親的感覺很像。可能有人會覺得也可以套用在男女朋友身上。

交往過的人、影響過自己的人。

真的多虧了你，才讓現在我能夠不再需要你。但受惠於你這件事則是千真萬確，真的非常謝謝過去這段日子的陪伴。

這大概可以當作一種成長的證明吧！

當我們發現自己已經不再需要過去視為珍寶的某些事物，便是向他告別的時候，這種瞬間我想每個人都曾經體驗過。自覺到這一點時，最後留下的只有感謝。

在這張圖裡並沒有把主詞明確畫出來。因為沒有交代清楚「你」是什麼，所以有許多可能，可能是父母親、可能是男友，這似乎也是我的畫風特徵之一。

幸福就是清楚知道
自己該做什麼事。

幸福這個概念

讓我思考了很久，最後我的結論是，當我們豁然開朗、決定了某些事的那一瞬間，應該是最快樂的吧？

今天就吃涼麵吧！這種時候人總是興致最高昂的，不是嗎？

幸福就是清楚知道自己該做什麼事。好！就這麼決定！

話雖如此，事情就算決定了，也有可能實際執行之後結果並不理想，但是當自己知道「這樣做應該行得通吧？」當內心已經有了一定程度的大方向、甚至是覺悟，我想那一瞬間可以說是最接近幸福的心理狀態。

反過來說，如果覺得自己不幸，或許只要試著做出決定就行了。例如今天晚上在外面吃飯吧！這種小決定也無妨，「好！今天來吃中菜！」這類的決定當然也可以。

那麼懸而未決時該怎麼辦呢？好像那樣也行、這樣也可以，這種狀態總是充滿了不安，對吧？

對我來說，年輕就像處於這種狀態。

年輕，代表這也可以做、那也有可能，從現在起，如果想從事任何行業，似乎都有可能。但眼前擺滿了無限選項時，反而是一種不幸。這麼多選擇叫我到底該如何是好呢？

既然這也可以那也可以，總覺得全部都得做，對我來說，無限的可能其實是一種痛苦。

上了年紀之後累積了許多經驗。不，事到如今這件事我辦不到，那件事也不可能，這樣看來，到頭來我能做的只有這個跟這個。當我發現自己只需要把少數擅長的事做好時，心裡鬆了好大一口氣。

對我而言，幸福就等同於強制性減少選項。這個跟這個再也不需要碰了，那件事我不會，還有這種大概也辦不到，於是，能做的事漸漸減少。領悟自己只需要做好這件事跟那件事就足夠的時候，我感受到滿滿的幸福。

年輕時覺得自己什麼事都辦得到，或許有人會因而感受到活力、生命力、幹勁，但我卻剛好相反，這種什麼都辦得到的狀態，正因為有太多可能性，反而讓我害怕。

你屬於哪一種人呢？

這種孤獨感
一定能派上用場。

我只能如此相信了，
不然我這麼煩躁是為了什麼啊？

就只是換句話說罷了。

這也是類似的感覺，

這種孤獨感一定能夠派上用場。怎麼可以沒有用呢？我都已經這麼煩躁了！

這真的是我想法中非常核心的部分，我覺得所有事物的存在都一定有其意義，就像我心裡的一種信念吧！

向來對許多事物都不太相信的我，卻願意相信這個道理。明天的我可能會因此想到什麼好點子。無論任何事，重要的都是自己的想法，心念一轉，一定都能有效地運用。如果不這樣就糟了呢！

我覺得大多數的人已經做好心理準備，因為已經累積了足夠的經驗。大家覺得呢？

儘管歷經迂迴曲折，但是上了年紀之後大家還是會說，真慶幸當時走過那條路。

說得極端點，我們並不能說二十幾歲時做的事都是白費。畢竟都是自己做過的事，而現在的自己就是由那些做過的事情累積而成的。人們總是希望自己做過的事，對自己帶來正面的影響。

我們都希望自己的人生並沒有白走這一遭。

反過來說，這當然意味著我不想承認自己做過的事沒有意義，我偏要找出意義，跌倒了我也不會空手站起來，這種心情我確實比別人更強烈。

孤獨感當然也能派上用場。說得更明確一點，這還可以成為工作的一部分。自卑、嫉妒這些情緒，看我一一拿去兌現（笑），這就像是一種無可救藥的自尊吧！

但是心裡的煩躁終究消除不掉，這種時候我確實覺得煩躁無比。可是我不想讓這種煩躁單純結束於「那今天一整天就這樣煩躁下去吧！」今天雖然覺得煩躁，我還是希望像存錢、集點一樣，把這種情緒累積起來。等明天再努力振作。

兩、三個月後，這些情緒會慢慢發酵，形成具體的點子，所以今天或許覺得煩躁、工作上一事無成，但並不是對工作一點幫助都沒有。如果不告訴自己這些都派得上用場，就無法結束這一天。其實我的想法就這麼簡單而已。

我是懸絲傀儡。

誰願意來操縱我？

我是懸絲傀儡，

有誰願意來操縱我？應該有很多人都有這種念頭吧！

我從以前就這樣。

要是有人能幫我決定就好了，這麼一來就算不順利，也可以怪罪給別人。自己不想負責。但如果有人願意幫我決定，我一定會拚了命地做好。

大家不覺得有些事想得越多越難決定嗎？

當我要決定某件事的時候，會先列出所有選項，好的、壞的，全部都寫出來。然後分別計算每一種選項的總分，但頭痛的是，其實計算結果往往沒有太大差異。也就是說，最後還是得看運氣，無法光靠評估的分數來決定。

於是我下決定的勇氣漸漸萎縮。

就算大概決定了，在自己做出結論之後，還是忍不住一直重新計算總分，於是遲遲無法認真面對自己的選擇。

既然如此，不如誰來給我命令，我一定能接受。只要有「因為那個人這麼說」當擋箭牌，我就可以集中精神在事情本身上。

後來我從熟識的編輯口中聽說，其實有不少作家都屬於這種類型，讓我非常驚訝。

作家太太的角色類似經紀人，以太太自己的偏好獨斷決定要接什麼工作、不接什麼工作。這樣看來，其實我滿符合作家的特質。

比方說當我接到一份替小說畫幾幅插畫的工作。

有時候業主會說，想畫哪個段落都可以，只要是吉竹先生覺得適合配上插圖的地方就行。

我相信有些插畫師可能會覺得，喔？我自己全權決定是嗎？好，知道了，等書看完後，開始有想法，那我喜歡這些地方，接下來會在這裡跟那裡配圖喔！

但我不一樣。

請直接告訴我，到底哪幾個段落需要配圖。最好給我的校樣也一開始就先空出配圖的空間。

因為不管哪一個場景其實都能畫。我的工作就是畫畫，不管是任何段落，我都有辦法找到題材。

如果告訴我「畫哪裡都行」，那我就得每一頁都想一遍。先全部想一遍之後，還得進行選拔賽，看看哪些地方比較有趣。這個好像有趣一點、那個比較無聊、還是別選這個吧！光是要畫三幅圖，就得思考一百次以上。我自己也覺得這樣做事效率真差。

還不如一開始就決定，請畫這裡、這裡，跟這裡。那麼我就可以根據指令建議最適合放在該處的畫。

選項越少，對我來說空間反而越大。

對於我這種類型的人來說，條件或是題材越多，可能成品的品質也會好。因為可以專心地思考該如何符合眼前的狀況，還有該如何放進條件沒有列舉出來的項目。我就是這種人。所以我總是告訴編輯，有什麼要求請全部告訴我，我會在條件之內盡我所能。

那像我這種人，在工作以外的日常生活又如何呢？

我幾乎把一切都交由太太決定。

比方說，出席正式場合該穿什麼衣服、休假日要去哪裡等等。

太太如果告訴我，今天我們要外出喔，我就會回答，喔，知道了。不過直到上車握好方向盤之前，其實我通常都不知道要去哪裡。

總之，我真的是個很討厭做決定的人。

所以我也很討厭電視、手機遊戲、將棋、撲克牌這些東西，因為這些都得不斷地決定現在要選擇哪一邊、接下來要捨棄什麼。一點也不好玩。

比起這些，我喜歡的是能看到所有已經確定故事的書籍或電影等，只需要按下播放鍵，就能一勞永逸。

簡單地說，我喜歡只有單純一條路。小說、電影的故事都很有趣，但只會有一個版本。途中不會出現岔路，也不會逼觀眾選擇。

我也討厭開車，因為必須自己決定方向。電車我倒是很喜歡。我非常喜歡走在別人鋪好的軌道上。

但是搭上電車之後，

我還是一直在意「另一面的車窗風景是不是比較美？」始終心不在焉。

汽車唯一讓我喜歡的一點，就是導航系統會告訴我「向前走，直行五公里」。聽了不是很讓人安心嗎？這五公里什麼都不用想，只需要直直往前走就行了。

總之，要我自己選就會無從選起。我覺得實在很麻煩。

我最喜歡別人告訴我，今天吃這個吧！相反地，如果人家問我想吃什麼？可就頭痛了。不管桌上端出什麼，我都會吃得津津有味。絕對不會有半句怨言。

無論面臨任何狀況，我都有把握可以樂在其中。我很喜歡享受被動接收的東西。

基本上我也不太跟人吵架。因為我根本不會拿自己的意見去挑戰對方。但是聽到我說不吵架，有人會問，那吉竹先生你是個和平主義者囉？不，這可不對，一點也不是。總之，我不喜歡看到場面失控，所以只是乖乖地聽命行事而已。

如果今天遇上了戰爭，長官要我上場殺敵，我一定也會老老實實地服從命令。

而且就算戰爭結束後因此被追究責任，我也可以抬頭挺胸地說，我只是服從命令罷了。無論今天我做了多麼殘酷的事、再怎麼弄髒自己的手，我也會堂而皇之地反駁，那又不是我決定的，是上面的人要我這麼做的，這只不過是當時執行的工作啊！我一定會像這樣保護自己吧？連我自己想了都覺得毛骨悚然，但這種人其實並不少吧？所以戰爭才這麼可怕。

因此我非常適合跟喜歡做決定的人在一起。我太太就是個凡事喜歡自己決定的人，從這一點來看我們可以說個性搭配得非常好。目前為止，我總是隨口附和像一隻應聲蟲，把所有重要的事都交給她決定，過著應聲蟲人生。

一定有人對我這種人生覺得不以為然，但是我並沒有受到任何人的強迫，自然而然就找到了這種自己覺得最舒適的生活方式。我想應該是在不知不覺中，慢慢進化成現在這個樣子的吧？因此，我一點也沒有被逼迫的感覺，結婚之後照樣可以從婚姻生活中找到樂趣，孩子出生後也能發現很多趣味。

所以這其實是篇很正向的文章，告訴大家只要有人願意操縱我，我就可以表現得非常精彩。

我是懸絲傀儡，有誰願意來操縱我？

不如把一切
都看成「買彩券」吧！

手中的一切，
有機會變成
更大的價值。

發生在自己身上的事，

自己所做、所選，及所看、所聽，都不如看成「買彩券」。手中的一切，有機會變成更大的價值。

不管是遇到討厭的事、有了痛苦的經驗，只要把這些當成彩券般的存在，擁有這些經驗似乎就有了意義。這可以讓人再忍受久一點，或者換個想法，覺得說不定這些痛苦經驗有可能轉化為其他東西。

買彩券的人並不認為自己把錢丟到水溝裡，大家都覺得自己買的是一個夢想，這是他們願意花錢購買的理論。我覺得很有道理。

既然買了一個夢想，在購買的當下重要的是手上擁有這張彩券、而不是會不會中獎。心裡能懷抱「說不定會中獎」的期待，如果中了要買這個買那個、要送誰誰誰禮物等等。付出去的錢，正是為了換來這些期待。

所以就算沒有中獎，購買的當事人當然不會有半句怨言，因為付錢時早已料想到可能會有這個結果了。

這麼想來，人活在這個世界上似乎沒有什麼必要抱怨。把人生當成一張彩券來活，沒中啊？那也沒辦法囉！不過如此而已。

每個人的人生，都刻著一組看不見的號碼。

現在所做的事說不定會轉化成其他的東西、能有其他的意義。只要一想到自己手上擁有某些可以交換的東西，雖然不是要計算得失，但至少知道手中不是空空如也，這會給自己帶來一些力量。

遇到難過的時候，不要只是難過，如果心想，這說不定是一組中獎號碼，很多事就出乎意料地能夠忍受。我自己就曾經有這種經驗。

問題是，我們不知道這張彩券什麼時候才會公布中獎號碼。但誰也不知道會不會某一天突然決定中獎號碼、聽到公布號碼的廣播。

原本覺得沒中獎，可能在三十年後突然收到中獎通知，因為這張彩券是沒有期限的。

在我自己的人生中，我也說不上哪些算是中了獎，但確實有很接近的部分。回顧過往，我由衷覺得人生真的沒有白走的路。

真正難受的回憶可能要花上十年、二十年，才能一笑置之吧！不過昨天的鳥事、下星期即將發生的煩心事，當我們不知道該怎麼面對的時候，導入這種彩券概念，或許可以讓自己更容易克服，這也是一種與現實和平相處的方法。
這就是我自己面對人生的方式。

到底該怎麼做
才好……
只要做自己
喜歡的事
就行了吧？

人生總是

在這個無限循環裡打轉。

我到底該怎麼辦？只要做自己喜歡的事就行了吧？那要怎麼樣才能做自己喜歡的事呢？只要做自己喜歡的事就行了吧？但是怎麼樣才能辦到呢？

因為想太多、導致無法做出選擇時，最後該挑選什麼？當然是選擇自己真正想做的事。不想做的事就不要做，把全副精力都集中在自己覺得有趣的事物上、只為了這件事付出心力，聽起來很理所當然。

大家都會覺得這很有道理。有一瞬間覺得前景無限光明，好！我現在既然站在可以選擇的立場，就選個自己喜歡的方向吧！

這時再次看看那幾封遲遲沒有回信的郵件。但是，該從哪一封開始回才好呢？

等一等，這……所以說我到底該怎麼辦呢？一切好像又回到起點。

從年輕時我就不斷經歷著這種循環。

可是不管任何人都多多少少有過類似經驗吧！

年輕人都有自己的夢想，我將來該做什麼好呢？我知道應該挑選自己喜歡的事當作工作，可是那明天我該做什麼？總是跳不出這個無限輪迴。

說白了，人生其實也可以濃縮為這兩件事。

除非少數特別的人，不然一般人很難明確知道，自己真正喜歡的是什麼吧？

偶爾受到稱讚、不小心做得還不錯，就誤以為自己好像喜歡這件事。但是說到該怎麼把這些運用在自己人生上，我們多半都不知道該怎麼做。

至於我是什麼時候想到這些事的呢？

我的房間亂成一團，再怎麼樣就是無法整理乾淨。

我想了很久，終於想出一個打掃房間的方法。

我覺得自己真是想了個好方法。首先，把最重要的東西丟掉。這麼一來，房間裡剩下的其他東西全都無關緊要了。

照理來說把房間裡不需要的東西丟掉，就可以清清爽爽，但我開始煩惱，該如何挑選不需要的東西。

這個之後可能會需要、那個也可能還會用上，這樣一來永遠都丟不了東西，房間始終整理不乾淨。

所以先把最重要的東西丟掉，剩下的就是些「既然那個都丟了，這個留下來又有什麼意義？」的東西，一定可以一舉清空。

我心想，從此以後房間一定可以煥然一新，這真是一個太棒、太聰明的點子了。

那麼明天就開始根據這個概念，執行我的打掃計畫吧。從明天起我就會擁有一個嶄新乾淨的房間，今天就先睡吧！

隔天早上我開始想，最重要的東西是什麼呢？

其實這跟思考最不需要的東西是什麼一樣困難。

本來以為要丟掉最不需要的東西不容易，所以先從最重要的東西開始丟，但是最重要的東西是什麼？我也遲遲無法決定。

結果一直到今天，我的房間還是亂七八糟。

年輕時，
我沒有亂來過。

現在也沒有特別亂來，
今後我也一定不會亂來。

年輕時，

我沒有亂來過。現在也沒有特別亂來，今後我也一定不會亂來。

其實這種人應該占了社會上絕大多數吧？

我也是其中之一。

下定決心要結婚時需要不小的勇氣。做出這個決定時我心想，「可是結了婚之後就不能隨便亂來了」，這樣的自己讓我覺得很可笑。喂！難道你以前亂來過嗎？

最後我還是隨口附和跟太太結了婚，明明沒亂來過，卻擔心結了婚不能亂來的自己實在很有趣，每隔一段時間我就會定期回想起這件事。

發現越來越多
自己不會的事。

這或許就證明了自己
學會了某些事。

總覺得自己這個也不會、

那個也不會，這是因為其實已經學會了其他事。

能夠清楚看到、了解自己不會什麼，這是非常重要的發現。

發現越來越多自己不會的事，這或許就證明自己學會了某些事。

他們是那種關係。

不知道是在電視還是收音機上聽到了這句話。

雖然我完全不知前後脈絡，還是忍不住想，喔～原來他們是那種關係。

「他們是那種關係」，這句話讓我一直忘不掉，不知道該配上什麼樣的圖比較有趣？想了想，我畫下這幅畫。

「哦～原來是這麼回事啊」，大概是這種感覺。那到底是什麼關係呢？儘管真正的意思其實只有一個，但這就是文字的有趣之處。好像已經把話說清楚了、又好像沒說清楚，真是絕妙。

我大概很喜歡這種不把話說清楚的句子，所以對這些句子特別敏感。

我喜歡各種暗語。

不管到幾歲，
都要當自己的神隊友，
當一個最懂我的人

就是這樣。

萬一真的發生了，

那就想辦法
解決問題。

萬一真的發生了，

那就想辦法解決問題，這也是一個很大的題目。

舉個常見的例子。孩子在運動會前一天很擔心明天賽跑會不會輸。這時候該做的只有全盤接受，如果真的跑最後一名，那就接受最後一名這個結果，領回最後一名的旗子不就行了？我雖然很想這麼說，但實在很難說出口，而且就算說了旁人也很難理解。

這張圖裡畫著一個大人抱著孩子，假如我以育兒題材連載一個有趣好笑的單元，但是在連載期間孩子過世了，就再也無法依照過去的方法畫下去了。

自己想要的方向因為某些不可抗力硬是被扭轉，這種時候該怎麼辦？我總是覺得非常非常不安，不知該怎麼辦才好。

我天生容易擔心，一想到這件事明天就可能發生，我就心懷恐懼。

我告訴自己這個理所當然的道理，每天膽戰心驚也沒有用，畫下了這張圖。

萬一事情真的發生了，當下該怎麼辦就怎麼辦，想辦法去面對已經發生的事。我這麼對自己說。

這並不容易，但是我們生病時都會服藥治病。只要這麼想，心裡就會輕鬆一點。

每個人面對明天的變化都會覺得恐懼。無法下定決心去面對。就算心裡不希望看到這些變化，我們也無可奈何，人不可能不面對變化。

該怎麼接受這些變化？對自己來說，要怎麼想才夠接受迎面而來的變化。幾經思考的結果，其中一種因應方式，即是萬一發生了，就配合當下狀況、設法解決問題。

聽起來很理所當然，好像是一顆超直球，寫成文字也只要兩、三行就完結，不過如果能這樣想，心情就可以輕鬆一些。

如何接受別人
「辦不到」的困難。

這就是每個人
最大的煩惱。

我想，

如果有什麼自己想做但是卻辦不到的事，或許不會是什麼太大的煩惱。

反正自己可以再想辦法，或者重新設定目標。

但如果不是自己、而是自己身邊的人，你希望對方辦到、但對方卻辦不到時，要怎麼跟對方一起面對，其實這才是最難的。

如何接受別人「辦不到」的困難，這就是每個人最大的煩惱。煩惱之所以稱為煩惱，就是因為很難解決呀！

身邊有個無法靠自己力量去改變的狀態，該怎麼去消化這個問題，實在很困難。

為人父母就經常有這種感覺，養兒育女尤其是。

為什麼我家的孩子這麼愛打人?因為自己絕對不會這麼做，所以更加難以了解。

儘管知道自己的孩子畢竟是獨立的個體，可是身為父母親又不得不叮嚀許多次。孩子不會聽，自己還是得一直講，這完全就是典型的「為人父母的煩惱」。

自己的父母親也是，比方說父母親得了失智症，很多事再也辦不到，難免會覺得，為什麼說了那麼多次還是辦不到呢？越是身邊親近的人，越會因為對方辦不到而無法接受。

夫妻之間有時候會埋怨，為什麼這個人就是不願意好好珍惜我？

到頭來，我們煩惱的根源似乎都來自於「為什麼你辦不到？」

我想，要真正接受對方辦不到的事實，可能是身而為人最困難的點。

不如願的他人，和不如願的自己，兩者其實都很棘手。

覺得煩躁時表示新陳代謝活躍，
有益身體！

這叫「煩躁健康法」！
滾！給我滾！可惡！

身邊三公尺的事，

內發生

只要能記錄在三公分大小的紙上，
我就滿足了。

身邊三公尺之內發生的事，只要能記錄在三公分大小的紙上，我就感到很滿足了。

現在的我確實如此，今後也希望可以繼續如此。

世上一切的問題，
睡意來襲後就消失了。

我每天在腦子裡想東想西也沒個結論，通常都會想到覺得睏，啊，好睏，算了，不要再想了。

這個世界上還有很多問題，但是只要睡意來襲後，一切都會在此告一段落。

所以說不管任何事情，再怎麼複雜難解，最多也只會持續到想睡覺之前，這樣一想就會覺得心裡輕鬆一點。只要睡過一晚，一切就會變得大大不同。

換句話說，這個世上的一切，都只是在睡前的徒勞空轉罷了。

……明明睡得很香，

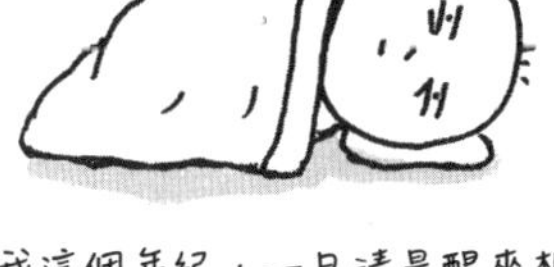

到了我這個年紀，一旦清晨醒來想上廁所，
就再也睡不著了。

我能做的也只有提供建議了。

老實說，書本、或者各種表現方法所能做到的，其實真的很有限。也就是說「之後就請靠您自己判斷、自行負責」。但我總是希望可以把這些坦白的老實話，表現得更有趣一點。

我能做的也只有提供建議了。

結語
各位覺得如何呢？
這些中年男子的藉口、歪理，
還有嘴硬的集結。
自己每次重看都覺得很難為情，
直想尖叫。
啊——
我怎麼寫這些～
1.

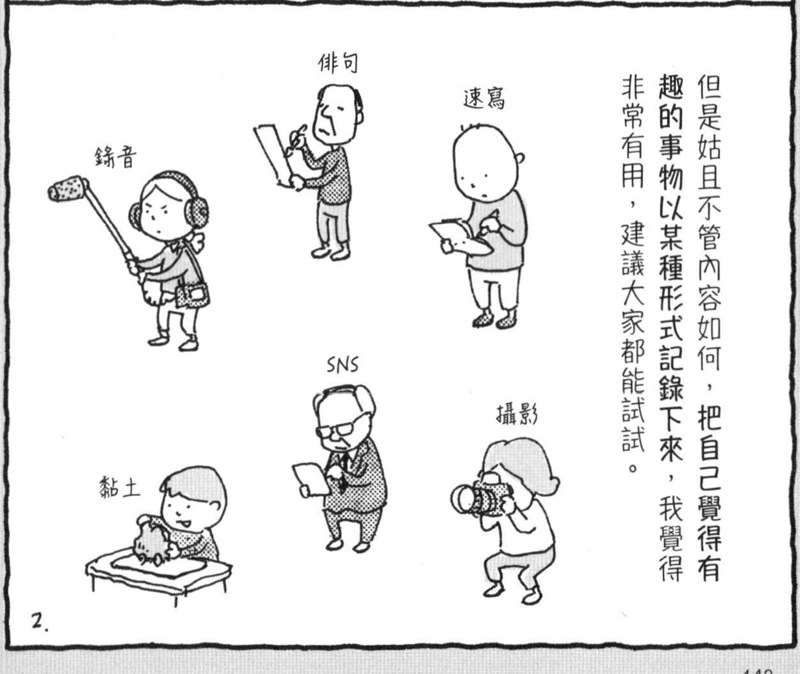
但是姑且不管內容如何，把自己覺得有
趣的事物以某種形式記錄下來，我覺得
非常有用，建議大家都能試試。
俳句
速寫
錄音
SNS
攝影
黏土
2.

記錄方法的不同，能夠記錄下的趣味
也都不一樣，這一點非常有意思。
可惡……
那有趣的髮型靠速寫
不能完美表現……
這屬於「攝影派」
的領域……
3.

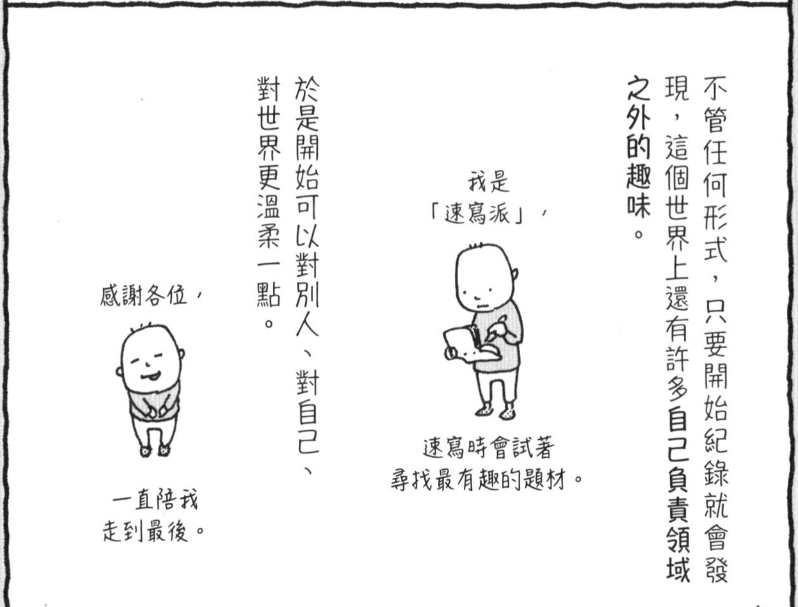
不管任何形式，只要開始紀錄就會發
現，這個世界上還有許多自己負責領域
之外的趣味。
我是
「速寫派」，
速寫時會試著
尋找最有趣的題材。
於是開始可以對別人、對自己、
對世界更溫柔一點。
感謝各位，
一直陪我
走到最後。
4.

國家圖書館出版品預行編目資料

胡思亂想很有用：吉竹伸介的靈感筆記 / 吉竹伸介作；
詹慕如譯 -- 初版 . -- 臺北市：三采文化，2020.3 --
面；公分 . --（風格圖文；50）

ISBN 978-957-658-316-2(平裝)

861.6　　　　　　　　　　　109001346

但我這個人
向來不喜歡太努力，

希望大家
也不要太努力喔！

風格圖文 50

胡思亂想很有用
吉竹伸介的靈感筆記

作者｜吉竹伸介（Yoshitake Shinsuke）　譯者｜詹慕如

副總編輯｜蔡依如　責任編輯｜姜孟慧　版權經理｜劉契妙

美術主編｜藍秀婷　封面設計｜謝孃瑩　內頁提版｜謝孃瑩　美術編輯｜曾瓊慧

發行人｜張輝明　總編輯｜曾雅青　發行所｜三采文化股份有限公司
地址｜台北市內湖區瑞光路 513 巷 33 號 8 樓
傳訊｜ TEL:8797-1234　FAX:8797-1688　網址｜ www.suncolor.com.tw
郵政劃撥｜帳號：14319060　戶名：三采文化股份有限公司
初版發行｜ 2020 年 3 月 27 日　定價｜ NT$320
　　6 刷｜ 2023 年 11 月 20 日

OMOWAZU KANGAECHAU
by Shinsuke Yoshitake
Copyright © Shinsuke Yoshitake 2019
All right reserved.
Original Japanese edition published by SHINCHOSHA Publishing Co.,Ltd.
Chinese translation rights in complex characters arranged with
SHINCHOSHA Publishing Co., Ltd.
through Japan UNI Agency, Inc., Tokyo